Видишь козлёнка в нижнем правом углу страницы?
Если ты возьмёшь книгу за уголок и быстро-быстро переберёшь страницы, — козлёнок «поскачет».

ПРО КОЗЛЁНКА, КОТОРЫЙ УМЕЛ СЧИТАТЬ ДО 10

«ПЛАНЕТА ДЕТСТВА»

УДК 821-34-053.2
ББК 84(0)-44
П78

ISBN 5-17-027901-9 (ООО «Издательство АСТ»)
ISBN 5-271-11742-1 (ООО «Издательство Астрель»)
© Илл., Сутеев В. Г., наследники, 2004
© Образ на серийном значке, Шварцман Л. А., 2004
© ООО «Издательство Астрель», 2004

Алф Прёйсн

ПРО КОЗЛЁНКА, КОТОРЫЙ УМЕЛ СЧИТАТЬ ДО 10

Жил-был маленький Козлёнок, который научился считать до десяти. Как-то раз подошёл он к озерцу и вдруг увидел своё отражение в воде. Он остановился как вкопанный и долго разглядывал самого себя. А теперь послушайте, что было дальше.

— Раз! — сказал Козлёнок.

Это услышал Телёнок, который гулял поблизости и щипал травку.

— Что это ты делаешь? — спросил Телёнок.

— Я сосчитал сам себя, — ответил Козлёнок. — Хочешь, я и тебя сосчитаю?

— Если это не больно, то сосчитай! — сказал Телёнок.

— Это совсем не больно. Только ты не шевелись, а то я считать не смогу.

— Ой, что ты! Я очень боюсь. И моя мама, наверное, не разрешит, — пролепетал Телёнок, пятясь назад.

Но Козлёнок скакнул вслед за ним и сказал:

— Я — это раз, ты — это два. Один, два! Мэ-э-э!

— Ма-ама! — жалобно заскулил Телёнок.

Тут к нему подбежала Корова с колокольчиком на шее.

— М-му! Ты чего ревёшь?

— Козлёнок меня считает! — пожаловался Телёнок.

— А что это такое? — сердито промычала Корова.

— Я научился считать до десяти, — сказал Козлёнок. — Вот послушайте: один — это я, два — это Телёнок, три — это Корова. Один, два, три!

— Ой, теперь он и тебя сосчитал! — заревел Телёнок.

Когда Корова это поняла, она очень рассердилась:

— Я тебе покажу, как потешаться над нами! А ну-ка, Телёночек, зададим ему перцу!

И Корова с Телёнком бросились на Козлёнка. Тот страшно перепугался, подскочил как ужаленный и помчался вприпрыжку по лужайке. А за ним — Корова с Телёнком.

Неподалёку гулял Бык. Он взрывал своими острыми рогами землю и подбрасывал кверху кустики травы. Увидев Козлёнка, Телёнка и Корову, Бык двинулся им навстречу.

— Почему вы гонитесь за этим куцехвостым малышом? — пробасил Бык.

— А он нас считает! — заревел Телёнок.

— Но мы его поймаем, — пыхтя, проговорила Корова.

— Один — это я, два — это Телёнок, три — это Корова, четыре — это Бык. Один, два, три, четыре! — сказал Козлёнок.

— Ой, теперь он и тебя сосчитал! — заскулил Телёнок.

— Ну, это ему даром не пройдёт, — проревел Бык и вместе с другими бросился в погоню за Козлёнком.

Они выбежали на широкую пыльную дорогу и понеслись вскачь. А в это время по обочине дороги неторопливо прохаживался Конь и жевал

траву. Услышав топот и увидев, как пыль летит столбом, он ещё издали закричал:

— Что это за спешка?

— Мы гонимся за Козлёнком, — ответила Корова, задыхаясь от быстрого бега.

— Он нас считает, — заныл Телёнок.

— А ему никто не дал такого права. Уф-ф! — проревел Бык.

— А как же он это делает? — спросил Конь, увязываясь за остальными.

— Очень просто, — сказал Козлёнок. — Вот так! Один — это я, два — это Телёнок, три — это Корова, четыре — это Бык, а пять — это Конь. Один, два, три, четыре, пять!

— Ой, теперь он и тебя сосчитал! — заскулил Телёнок.

— Ах он, негодник! Ну, погоди же! — заржал Конь и поскакал ещё быстрее вслед за Козлёнком.

А у самой дороги, в загоне, спала большая, жирная Свинья. Топот копыт разбудил её.

— Хрю-хрю-хрю! Куда это вы все? — спросила любопытная Свинья.

Она тотчас же проломила своим рылом загородку и пустилась рысцой вслед за другими.

— Мы гонимся за Козлёнком, — ответила Корова, чуть дыша.

— Он нас считает, — жалобно протянул Телёнок.

— А ему... уф-ф... никто не давал такого права! — проревел Бык.

— Но мы ему покажем! — заржал Конь, едва не задев копытом Телёнка.

— А как это он считает? — спросила Свинья, с трудом поспевая за всеми.

— Очень просто! — воскликнул Козлёнок. — Один — это я, два — это Телёнок, три — это Корова, четыре — это Бык, пять — это Конь, а шесть — это Свинья. Один, два, три, четыре, пять, шесть!

— Ой! Теперь он и тебя сосчитал, — всхлипнул Телёнок.

— Ну, он за это поплатится! — завизжала Свинья. — Вот я его сейчас!..

Они мчались сломя голову, не разбирая дороги, и добежали так до речки.

А у причала стоял небольшой парусник. На борту парусника они увидели Петуха, Пса, Барана и Кота. Петух был капитаном, Пёс — лоцманом, Баран — юнгой, а Кот — корабельным поваром.

— Остановитесь! — закричал Петух, увидав жи-
вотных, которые неслись, не чуя под собой ног.

Но уже было поздно. Козлёнок оттолкнулся ко-
пытцами от причала и прыгнул на борт парусника. За ним бросились все остальные. Парусник

покачнулся, заскользил по воде, и его понесло на самое глубокое место реки. Ох и перепугался же Петух!

— Ку-ка-ре-ку! На помощь! — закричал он не своим голосом. — Парусник тонет!

Все так и затряслись от страха. А Петух опять закричал громко-прегромко:

— Кто из вас умеет считать?

— Я умею, — сказал Козлёнок.

— Тогда пересчитай всех нас поскорее! Парусник может выдержать только десять пассажиров.

— Скорее считай, скорее! — закричали все хором.

И Козлёнок начал считать:

— Один — это я, два — это Телёнок, три — это Корова, четыре — это Бык, пять — это Конь, шесть — это Свинья, семь — это Кот, восемь — это Пёс, девять — это Баран и десять — это Петух.

— Ура Козлёнку! Ура! — закричали тут все в один голос.

Потом пассажиры переправились через реку и сошли на берег. А Козлёнок с тех пор так и ос-

тался на паруснике. Он теперь работает там контролёром. И всякий раз, когда Петух сажает на свой парусник зверей, Козлёнок стоит у причала и считает пассажиров.

Энид Блайтон

ЗНАМЕНИТЫЙ УТЁНОК ТИМ

Слышите?

— Кряк! Кряк!

А знаете, кто это крякает? Это крякает знаменитый утёнок Тим. Вы когда-нибудь слыхали о нём? Наверное, слыхали.

Кто же не знает Тима! О его приключениях можно написать целую книгу.

У Тима три сестры и три брата, но все они — обыкновенные утята, а Тим особенный. Вы только посмотрите на него. Правда, можно подумать, что Тим — самый главный во дворе?

Однажды Тим вышел за ворота, посмотрел направо, посмотрел налево и побежал в поле.

— Эй, Тим! — забеспокоилась Мама-Утка. — Не отходи от меня так далеко.

— Ничего, мама! — крикнул Тим. — Я скоро вернусь! — И побежал дальше.

Через несколько шагов Тим вдруг остановился. Он увидел в траве какую-то странную вещь. Это была старая печная труба, внутри вся чёрная от сажи. Ну, конечно, Тиму нужно было в неё заглянуть.

— Да это настоящий тоннель! — обрадовался Тим. — Вот хорошо! А я буду паровоз!

Тим протиснулся в трубу и сразу весь перепачкался в саже. Чем дальше лез Тим, тем он становился всё чернее и чернее. Видите, каким он вылез из трубы: даже клюв стал чёрным.

Мама-Утка не знала, что Тим полез в трубу. Мама-Утка думала, что Тим смирно идёт сзади. Вдруг она обернулась.

— Караул! Спасите! — завопила Мама-Утка и бросилась к своим утятам. — Бежим! Скорее! За нами гонится какое-то страшилище.

Мама-Утка и утята побежали по полю.

Они мчались изо всех сил, а Тим бежал за ними вдогонку и кричал:

— Подождите! Подождите! Это я — Тим!

Но Мама-Утка и утята не слышали Тима. Они бежали по траве, громко крякали, падали, поднимались и снова бежали.

Вот и пруд.

— Прыгайте в воду! — скомандовала Мама-Утка. — Наверное, страшилище не умеет плавать!

Утята попрыгали в воду, и Мама-Утка за ними.

А Тим? Тим тоже добежал до пруда и тоже прыгнул в воду. Он нырнул на дно и забулькал, как лягушка.

Но вот Тим поднялся на поверхность воды.

Он опять стал жёлтеньким.

Мама-Утка осторожно поглядела по сторонам.

— Он ушёл! Мы спасены! Тим, ты тоже здесь?

— Да, да, мама, — крякнул Тим. — Это я прогнал страшилище. Не бойтесь! Я не дам вас в обиду.

— Молодец, Тим! — хором закричали утята. — Какой ты умный и храбрый!

— Ну, не очень-то хвалите его, — проворчала Мама-Утка. — Это ему вредно. А теперь — хвосты вверх, головы прямо — плывите за мной.

И они поплыли домой — Мама-Утка впереди, утята позади, а за утятами — гордый и счастливый Тим.

На другое утро Тим сидел на берегу пруда и грелся на солнышке. Вдруг видит — по дороге идёт человек с корзинкой.

«Куда он идёт? — подумал Тим. — Пойду-ка я за ним».

Человек подошёл к речке, вынул из корзинки мешок и швырнул его в воду!

Только человек ушёл, Тим сейчас же прыг в воду — и подплыл к мешку. Мешок был завязан и тихонько пищал.

«Странно, — подумал Тим, — я никогда не слы-

хал, чтобы мешки пищали». Он потянул мешок за верёвочку и вытащил его на берег.

— Мяу, — пискнул мешок.

— Ой! — удивился Тим и отпрыгнул в сторону.

— Мяу, мяу! — пискнул мешок.

— Да там кто-то есть, — сказал Тим.

Он потянул за верёвочку. Мешок раскрылся, и из мешка вылез худой, мокрый, дрожащий от холода чёрный котёнок.

— Мяу, — сказал он. — Спасибо, утёнок. Ты избавил меня от смерти. Кто ты?

— Знаменитый Тим, — гордо ответил утёнок. — А ты кто?

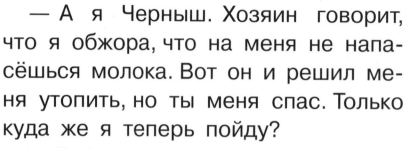

— А я Черныш. Хозяин говорит, что я обжора, что на меня не напасёшься молока. Вот он и решил меня утопить, но ты меня спас. Только куда же я теперь пойду?

— Пойдём со мной, — сказал Тим. — Ты будешь жить у нас во дворе. У нас во дворе много еды. Только, пожалуйста, отряхнись сначала, а то ты похож на мокрую курицу.

Черныш отряхнулся так, что вся трава кругом стала мокрой.

— Я готов.

И Тим гордо повёл Черныша за собой.

Он привёл его во двор. Во дворе их встретили корова Роза, козёл Буль и гусыня Тилли. Тим рассказал им печальную историю Черныша.

— Какой злой хозяин! — сказал козёл Буль.

— Бедный Черныш, — вздохнула гусыня Тилли. — Ну ничего, теперь ты будешь жить у нас.

— А кто попробует его обидеть, будет иметь дело со мной! — крикнул Тим и так распушил свои жёлтые перья, что сразу стал вдвое больше.

— Никто тебя не обидит, Черныш, не бойся! — закричали все.

Только кот Снежок ничего не сказал. Это был белый хозяйский кот. Он важно подошёл к своей мисочке и стал лакать молоко. Черныш посмотрел на мисочку и жалобно мяукнул. Ведь он ещё ничего не ел с утра. Но Снежок даже не посмотрел

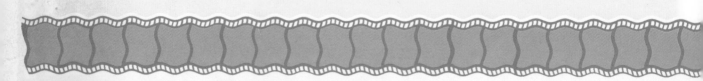

на Черныша и стал лакать ещё быстрее. Тим испугался, что Снежок выпьет всё молоко.

— Эй, Снежок! — закричал Тим. — Оставь немножко Чернышу!

Но Снежок продолжал лакать, как будто не слышал.

— Я так голоден, — мяукал Черныш.

А Снежок всё лакал и лакал.

— Подожди же, — прошипел Тим. — Я тебя накажу за жадность.

Он побежал в тёмный угол. А в тёмном углу висел на паутине большой, мохнатый, чёрный паук. Тим знал, что Снежок до смерти боится пауков.

Тим схватил паука и побежал прямо к Снежку.

— Помогите! Паук! — заорал Снежок и бросился бежать.

Он бежал со всех ног. Вот он завернул за угол и влетел в кухню. Куда бы спрятаться? Скорей, скорей, кухонный шкаф открыт! Снежок прыгнул в шкаф. Загремела посуда, посыпалась мука, упала щётка... Снежок забился в тёмный уголок и свернулся там комочком, дрожа от страха.

А Тим во дворе покатывался со смеху.

— Иди обедать, Черныш. Снежок теперь не скоро вернётся.

Черныш подбежал к мисочке. Как вкусно! В одну минуту он вылакал всё молоко. А теперь надо умыться. Черныш лизнул переднюю лапку и вытер

ею усы. Потом опять лизнул лапку и вымыл щёки, потом опять лизнул и вымыл уши. Он был очень чистоплотный котёнок!

— Спасибо, Тим, — сказал Черныш, когда кончил умываться, — ты настоящий друг. Сначала ты спас меня от смерти, а теперь от голода.

— Пустяки, — ответил Тим, — стоит ли об этом говорить.

В это время Мама-Утка бегала по двору и искала Тима. Никто не знал, где он. Один только Снежок мог бы сказать, где Тим, но Снежок сидел в тёмном шкафу и дрожал от страха.

— Я так волнуюсь, — говорила Мама-Утка, — я видела за воротами лисицу. Я так боюсь, что она утащит Тима. Ведь он всегда бегает один.

Возле кухни Тим встретился с кроликом Лоппи и курицей Пенни.

— Будь осторожен, — зашептали они. — За воротами видели лисицу. Смотри, как бы она тебя не съела.

Тим испугался.

— Мама! — закричал он. — Где ты? Я хочу к тебе!

Но Мама-Утка была на другом конце двора и ничего не слыхала.

«Что делать? — думал Тим. — Куда бежать?»

Вдруг он увидел корзинку. Она стояла возле кухонной двери. Это была круглая плетёная корзинка с плотной крышкой. Кухарка всегда ходила с ней на рынок.

— Вот хорошо, — обрадовался Тим. — Тут уж лисица меня не найдёт.

Он поднял крышку и влез в корзинку. Внутри было темно и пахло чем-то вкусным. На дне лежал большой кусок колбасы.

«Пусть теперь лисица меня поищет!» — думал Тим.

Он уселся поудобнее и тихонько засмеялся. А лисица выглянула из-за угла и увидела корзинку.

— Нюф-нюф-нюф! — потянула она воздух носом. — Пахнет утёнком. Вот хорошо! Отнесу-ка я эту корзинку моим лисятам. То-то они обрадуются. Будет у нас на обед утиный суп.

Лисица выбежала из-за угла: уши торчком, хвост трубой, лапами топ-топ-топ, носом нюф-нюф-нюф, а глазами так и водит по сторонам — не идёт ли кухарка.

«Ох уж эта кухарка! В прошлый раз она швырнула в меня щёткой. Как бы она не увидела меня сейчас», — подумала лисица и поглядела вокруг.

Но во дворе не было никого. Лисица прокралась тихонько вдоль стены, продела лапу в ручку корзинки и спокойно пошла, как будто несла провизию с рынка.

Лисица думала, что её никто не видел, но она ошиблась. Черныш сидел за углом и видел всё. Он слышал, как бедный Тим, надрываясь, крякал в корзинке:

— Помогите! Помогите!

— Я спасу тебя, Тим! — закричал Черныш. Он заметался по двору. Хоть бы встретить кого-нибудь! И как назло — никого, весь двор пустой. Что делать?

Черныш бросился к Маме-Утке.

— Скорее, скорее! — закричал Черныш. — Лисица унесла Тима!

— Какой ужас! — заплакала Мама-Утка. — Бедный мой сыночек! Что мне делать? Где лисица?

— Вон она! Видите — там, далеко в поле? — показал Черныш.

— Вижу! — закричала Мама-Утка. — Я её догоню. Бежим!

— Нет, нам не догнать лисицу, — вздохнул Черныш. — Ведь она бегает гораздо быстрее вас. Вот если б вы могли доплыть до неё!

— Я могу сделать лучше, — гордо сказала Мама-Утка. — Я могу долететь до неё. Смотри! — И она расправила крылья.

Крылья были белые как снег, большие и широкие. Они хлопали так сильно, что Черныш даже попятился. Мама-Утка поднялась в воздух, замахала крыльями — хлоп-хлоп-хлоп! — и полетела в поле за лисицей.

А лисица уже подходила к своему дому. Она очень устала — корзина была тяжёлая. Ведь в ней лежали утёнок и колбаса.

«Ничего, — думала лисица, — скоро дом. Позову сына или дочку, они помогут дотащить корзинку».

И только она об этом подумала, как вдруг услышала над собой шум: хлоп-хлоп-хлоп! Это Мама-Утка догоняла её. Мама-Утка спустилась ниже,

на лету продела голову в ручку корзинки и изо всех сил рванулась вверх. Ура! Корзинка была у неё на шее!

— Отдай! — завизжала лисица. — Это моя корзинка.

— Ну так что ж! — крякнула Мама-Утка. — А в корзинке мой сын.

И в это время Тим заплакал в корзинке.

— Не бойся, сынок! — крякнула Мама-Утка. — Это я, твоя мама. Мы летим домой.

И верно, скоро они прилетели домой. Весь двор

обрадовался Тиму. А уж как был рад Черныш! И с каким удовольствием он съел колбасу!

— Спасибо, Тим, — сказал Черныш. — Ведь ты второй раз спасаешь меня от голода.

— Пустяки, — ответил Тим, — стоит ли об этом говорить.

Три дня Тим никуда не уходил от Мамы-Утки. Он очень боялся опять встретиться с лисицей.

На четвёртый день Тим играл с Чернышом и вдруг увидел, как Мама-Утка проливает горькие слёзы.

— Что случилось? — испугался Тим. — Кто-нибудь съел моего брата или сестру?

— Нет, — заплакала Мама-Утка. — Я очень несчастна.

— Расскажите, кто вас обижает, — закричал Черныш, — мы их проучим!

— Меня обижает лисица, — ответила Мама-Утка. — С тех пор как я выхватила у неё корзинку, она целыми днями стережёт меня за углом.

— Не плачь, мама, — сказал Тим. — Мы тебе поможем.

— А как мы это сделаем? — промяукал Черныш.

— Подождём, — сказал Тим, — лисица, наверно, скоро появится.

И верно, не успел он договорить, как лисица показалась. Она тихонько прокралась вдоль стены, пробежала через двор и спряталась в собачьей будке.

— Скорей, Черныш, — заволновался Тим. — Я придумал, как наказать лисицу. Бежим со мной! Нам нужно найти Буля.

Они побежали в поле. Буль щипал траву.

— Слушай, Буль, — сказал Тим, — помоги нам поймать лисицу. Она забралась в будку Топа и подкарауливает мою маму.

— Ладно, — ответил козёл.

Все втроём побежали на ферму.

— А что мы сделаем? — спросил Буль.

Тим что-то зашептал ему на ухо.

— Ловко придумано, — засмеялся Буль.

— Тише-тише! — зашептал Тим. — Лисица услышит, у неё очень чуткие уши.

Они тихонько вошли во двор. Буль разбежался — и как стукнет со всего размаха рогами в будку! Хлоп! — будка опрокинулась и накрыла лисицу. Лисица заметалась, забилась, но никак не могла выбраться. Только кончик её рыжего хвоста торчал наружу.

— Ага, попалась! — закричал Тим. — Будешь ещё обижать мою маму? Ну, лисица, теперь уж ты не уйдёшь!

И верно, лисице пришёл конец.

— Видишь, мама, — сказал Тим, — вот мы и победили лисицу.

— Спасибо, сынок, — сказала Мама-Утка. — Только прошу тебя, будь теперь послушным и, пожалуйста, не убегай далеко.

— Хорошо, мама, постараюсь, — вздохнул Тим.

Скоро Тим прославился на весь двор. Все его очень хвалили. Только и слышно было: наш знаменитый утёнок, наш знаменитый Тим.

А Черныш по-прежнему дружил с Тимом. Они никогда-никогда не расставались. И если вы где-нибудь увидите Тима — так и знайте: сейчас же появится и Черныш.

СОДЕРЖАНИЕ

Для младшего школьного возраста
Серия «Сказки-мультфильмы»

ПРО КОЗЛЁНКА, КОТОРЫЙ УМЕЛ СЧИТАТЬ ДО 10

Сказки

Перевод с норвежского В. Островского
Перевод с английского Э. Паперной

Художник В. Сутеев

Дизайн обложки А. Фёдорова

Редактор *Н. Коробкова*. Художественный редактор *Н. Фёдорова*
Технический редактор *И. Круглова*. Корректор *И. Мокина*. Компьютерная вёрстка *А. Фёдорова*

Подписано в печать 01.05.2005. Формат 84х108/16.
Усл. печ. л. 5,88. Печать офсетная. Бумага офсетная. Гарнитура Pragmatica. Тираж 10 000 экз. Заказ № 1210.

Санитарно-эпидемиологическое заключение № 77.99.02.953. П.000105.02.04 от 03.02.2004 г.

ООО «Издательство Астрель» 129085, г. Москва, проезд Ольминского, 3а

ООО «Издательство АСТ» 667000, Республика Тыва, г. Кызыл, ул. Кочетова, 93

Наши электронные адреса: www.ast.ru E-mail: astpub@aha.ru

Общероссийский классификатор продукции ОК-005-93, том 2; 953000 — книги, брошюры

Отпечатано в полном соответствии с качеством
предоставленных диапозитивов в ОАО "Тульская типография".
300600, г. Тула, пр. Ленина,109.